Écrivains | numéro 16

GUY DE MAUPASSANT, LE MAÎTRE DE LA NOUVELLE

— Du réalisme subjectif au fantastique

par Marie Piette

50MINUTES

GUY DE MAUPASSANT

- **Naissance ?** Né le 5 août 1850 au château de Miromesnil, près de Dieppe.
- **Mort ?** Mort le 6 juillet 1893 à Paris.
- **Contexte ?** L'apogée du mouvement réaliste, à une époque placée sous le signe de la modernité dans tous les domaines.
- **Œuvres majeures ?**
  - *La Main d'écorché* (1875)
  - *Boule de suif* (1880)
  - *Une vie* (1883)
  - *Contes de la bécasse* (1883)
  - *Bel-Ami* (1885)
  - *Le Horla* (1887)
  - *Pierre et Jean* (1888)

Boule de suif, Mademoiselle Fifi, Une vie, Toine, Le Horla, Pierre et Jean, Bel-Ami, La Maison Tellier, La Parure... autant de titres qui résonnent sans aucun doute dans l'esprit de tout un chacun. C'est que Guy de Maupassant est un des plus célèbres écrivains du XIXe siècle, et compte aujourd'hui parmi les auteurs classiques les plus lus et les plus adaptés dans le monde. Il faut dire que les messages qu'il délivre dans ses récits restent d'une étonnante actualité.

Atteint de syphilis, et donc condamné à la démence et à une mort prématurée, Maupassant ne consacre que 15 années de sa vie à l'écriture, mais sa fécondité durant cette courte période est exceptionnelle. S'il cherche, durant toute sa carrière littéraire, à briller en tant que romancier, c'est cependant dans ses contes et ses nouvelles qu'il révèle pleinement son talent. Son souci du détail, son écriture sobre et mesurée, et sa volonté de dépeindre sans l'embellir la société de son temps le rapprochent incontestablement du réalisme, la doctrine littéraire et artistique dominante de l'époque. Cependant, son indépendance d'esprit le pousse à refuser d'appartenir entièrement à une école. Dans la préface de *Pierre et Jean*, il jette d'ailleurs un regard critique sur les prétentions réalistes et naturalistes à représenter fidèlement le réel, considérant que l'écrivain ne peut transmettre qu'une vision personnelle – et donc subjective – des choses.

Enfin, comment parler de Maupassant sans évoquer sa contribution à la littérature fantastique ? Sa maladie le pousse en effet à s'intéresser au thème de la folie, et ses récits fantastiques, esthétiquement parfaits, semblent être le reflet de ses propres angoisses.

LA FRANCE SOUS LE SECOND EMPIRE

Le xixe siècle correspond à une époque de profonds bouleversements en France. À la suite de la Révolution française de 1789, le pays cherche à instaurer une nouvelle forme de pouvoir basée sur la souveraineté populaire qui garantirait à tous la liberté et l'égalité devant la loi. L'entreprise se révèle toutefois difficile et de nombreux régimes politiques se succèdent. Guy de Maupassant est un témoin privilégié de cette instabilité constitutionnelle : il voit le jour durant la Deuxième République (1848-1851), grandit sous le Second Empire (1852-1870), puis assiste à la naissance de la Troisième République (1873-1940).

L'un des personnages-clés de la seconde moitié du xixe siècle est sans conteste Louis-Napoléon Bonaparte (1808-1873). Il est l'un des fils de Louis Bonaparte (1778-1846), frère de Napoléon Ier (1769-1821), ce qui fait de lui un digne héritier du mythe impérial. Élu président de la Deuxième République au suffrage universel masculin en 1848, il organise un coup d'État le 2 décembre 1851 et devient empereur des Français sous le nom de Napoléon III un an plus tard, lorsque le rétablissement de l'Empire est proclamé. Élevé dans le culte de son oncle, il se montre très ambitieux : pour disloquer la coalition anti-française, il propose à la Grande-Bretagne de soutenir l'Empire ottoman contre la Russie, et il jette les bases d'un empire colonial français en lançant des expéditions à travers le monde – notamment au Sénégal, en Indochine et en Nouvelle-Calédonie.

Dans un premier temps, Napoléon III impose à son pays un régime autoritaire, concentrant tous les pouvoirs entre ses mains. Il réduit également la liberté d'expression et, en 1858, suite à un attentat projeté contre sa personne, instaure la célèbre loi dite « de sûreté générale », qui lui permet de condamner et de déporter sans aucun procès tout individu ayant subi une condamnation politique entre 1848 et 1851. Cependant, après 1860, le Second Empire se libéralise afin de contrer les mouvements révolutionnaires désireux de le renverser : les proscrits sont amnistiés, la loi de sûreté générale est abolie, la censure se fait moins vive et une nouvelle constitution est adoptée, marquant le début d'un empire parlementaire.

Le régime impérial prend fin le 2 septembre 1870, lors de la défaite de Napoléon III à la bataille de Sedan, dans le cadre de la guerre franco-prussienne. La Troisième République est proclamée deux jours plus tard et perdurera jusqu'en 1940. Plus stable que les deux Républiques précédentes, elle donne une réelle légitimité au système républicain.

LA GUERRE FRANCO-PRUSSIENNE

La guerre franco-prussienne (aussi appelée guerre franco-allemande ou guerre de 1870) est un conflit armé qui oppose la France et l'Allemagne entre le 18 juillet 1870 et le 28 janvier 1871. Elle trouve son origine dans les ambitions impérialistes de Bismarck (1815-1898), le chef de la Confédération germanique de l'époque, qui accule et humilie la France afin de l'inciter à entrer en guerre. L'armée française, mal préparée et mal dirigée, s'incline rapidement devant la redoutable armée prussienne. Si Napoléon III et ses soldats sont battus à Sedan le 2 septembre, la guerre se poursuit jusqu'à ce qu'un armistice soit signé le 28 janvier. Au terme du conflit, la France se retrouve dans l'obligation de payer de lourdes indemnités à son adversaire et perd l'Alsace ainsi que Metz, chef-lieu de la Lorraine. La population se met alors à nourrir une véritable haine du Prussien, tandis que la ville de Paris, majoritairement ouvrière et désireuse de poursuivre la guerre, se révolte contre la politique pacifiste adoptée par le nouveau gouvernement français : c'est l'épisode de la Commune (18 mars-27 mai 1871), qui est finalement renversée au cours de la fameuse Semaine sanglante (21-27 mai 1871).

RÉVOLUTION INDUSTRIELLE ET AVANCÉES SOCIALES

La deuxième moitié du XIXe siècle est par ailleurs marquée par l'apogée de la révolution industrielle, arrivée d'Angleterre au début du siècle : les usines remplacent désormais les ateliers domestiques isolés, la classe ouvrière prend de l'ampleur et le système capitaliste se met en place. Aussi les moyens d'échange et de communication se multiplient-ils, favorisant ainsi l'essor du commerce. C'est sous Napoléon III, notamment, que le réseau ferroviaire français se ramifie, bouleversant le mode de vie des Français, et que les grands magasins voient le jour. Enfin, notons encore que les villes connaissent un développement considérable. Paris, en particulier, est entièrement modernisée, sous la houlette du préfet Georges Eugène Haussmann (1809-1891).

Petit à petit, et non sans mal, des lois sociales sont votées : en plus de la Déclaration des droits de l'homme et du citoyen de 1789, le suffrage universel masculin apparaît en 1848, le droit de grève en 1864, l'obligation de l'enseignement primaire gratuit pour tous en 1881 (avec les lois Ferry) et le droit à la liberté syndicale en 1884. Du côté de la science, d'importants progrès permettent d'améliorer les conditions de vie de la population, notamment l'invention de l'électricité et la mise au point d'un vaccin contre la rage par Louis Pasteur (1822-1895). Enfin, sur le plan religieux, l'Église française, mise à mal lors de la Révolution car proche de l'Ancien Régime, est contrainte de se moderniser, même si la majorité des Français de l'époque se disent toujours catholiques : un régime concordataire est adopté en 1801, permettant un important contrôle de l'État sur les cultes, ainsi qu'un processus de mise à égalité des différentes religions.

L'ÂGE D'OR DES LETTRES FRANÇAISES

Le XIXe siècle constitue également un âge d'or pour la littérature française, et plus spécifiquement pour la poésie et le roman. Si la première moitié du siècle est dominée par le romantisme, la seconde moitié est, quant à elle, marquée par l'apogée du mouvement réaliste.

Celui-ci, qui apparaît comme une réaction aux effusions sentimentales du romantisme, privilégie le réel par rapport au romanesque : le but des écrivains réalistes est de donner une représentation exacte, objective et fidèle de la nature, des faits et de la société de leur temps. Avec pour maîtres Stendhal (1783-1842) et Honoré de Balzac (1799-1850), et pour illustres représentants Gustave Flaubert (1821-1880), les frères Goncourt (Edmond, 1822-1896, et Jules, 1830-1870) et Guy de Maupassant, le réalisme se prolonge à travers le naturalisme qui, sous l'impulsion d'Émile Zola (1840-1902), entend appliquer à la littérature des méthodes issues de la science expérimentale : l'écrivain, à la fois observateur et expérimentateur, émet une hypothèse qu'il démontre dans ses œuvres. Ainsi, Zola, dans sa célèbre série des *Rougon-Macquart*, montre le poids de l'hérédité et l'influence du milieu sur ses personnages. Puis, à la fin du siècle, les esthétiques réalistes et naturalistes cèdent peu à peu le pas au symbolisme, qui surgit à son tour comme un mouvement de contestation face au règne de la rationalité : la littérature devient alors l'expression d'un monde qui reste à déchiffrer.

Enfin, le XIXe siècle est aussi, dans l'histoire littéraire française, le moment où on assiste à une véritable évolution du statut de l'écrivain qui, quasi sacralisé, devient un acteur de poids dans la société. La littérature de cette époque regorge en effet de créateurs à forte personnalité dont l'influence dépasse largement les frontières du monde littéraire : citons, entre autres, Alphonse de Lamartine (1790-1869), Honoré de Balzac, Alexandre Dumas (1802-1870), Victor

Hugo (1802-1885), Charles Baudelaire (1821-1867), Gustave Flaubert, Émile Zola, Paul Verlaine (1844-1896) ou encore Arthur Rimbaud (1854-1891). À titre d'exemple également, mentionnons l'intervention particulièrement éclairante d'Émile Zola dans l'affaire Dreyfus en 1898 : en publiant sa célèbre lettre intitulée *J'accuse* à la une du journal *L'Aurore* afin de dénoncer la machination imaginée par l'état-major français pour sauver son honneur dans le cadre d'une affaire de haute trahison, il contribue de manière décisive à la réhabilitation du capitaine Dreyfus, injustement condamné.

BIOGRAPHIE

UNE JEUNESSE NORMANDE

Guy de Maupassant naît le 5 août 1850, sans doute au château de Miromesnil, près de Dieppe, en Seine-Maritime. Il est le premier fils de Gustave de Maupassant, un nouveau noble oisif et volage, et de Laure Le Poittevin, une femme très cultivée issue de la bourgeoisie normande. Il a un frère, Hervé, de six ans son cadet.

Vers 1860, ses parents se séparent après quelques épisodes violents auxquels Maupassant a peut-être assisté. Les deux frères sont alors confiés à leur mère qui les élève dans sa villa, près d'Étretat. Ils y grandissent au contact de la nature, et fréquentent les enfants des pêcheurs et des paysans normands, dont ils connaissent le patois. Au cours de l'été 1864, le jeune Guy de Maupassant, bon nageur, sauve de la noyade le poète anglais Algernon Charles Swinburne (1837-1909). Cette rencontre donnera par la suite naissance à une nouvelle, *La Main d'écorché* (1875) : l'excentrique auteur anglais orne en effet sa maison de bibelots incroyables et d'objets macabres, dont une main, vraisemblablement celle d'un criminel supplicié.

Sur le plan scolaire, Maupassant est inscrit en 1863 à l'institution ecclésiastique d'Yvetot, dont il est renvoyé en 1868 pour irréligion et scandales divers. Il achève alors sa scolarité au lycée Corneille de Rouen, tout en nouant des relations avec le poète Louis Bouilhet (1821-1869) et avec Gustave Flaubert, qui est un ami d'enfance de sa mère. En 1869, une fois bachelier, il entame à Paris une licence en droit, mais il se voit obligé d'interrompre ses études en 1870 à cause de la guerre franco-prussienne : il est enrôlé dans les services de l'intendance militaire. La défaite française et la déroute à laquelle il participe lui laisseront un goût amer et lui inspireront de nombreux récits.

L'APPRENTISSAGE DE LA LITTÉRATURE

Démobilisé en 1871, Maupassant obtient dès l'année suivante un emploi au ministère de la Marine, où il restera six ans. Il effectue son travail avec soin, mais il s'ennuie ferme, d'autant plus que sa rémunération ne le satisfait pas. Pour se distraire, il va canoter sur la Seine le dimanche avec des amis et fréquente des filles faciles. C'est sans doute ainsi qu'il contracte la syphilis, qui provoque chez lui, dans un premier temps, des maux de tête et des troubles oculaires.

Durant ses temps libres, il se rend également très souvent à Croisset, chez Flaubert, qu'il considère comme un second père et auprès duquel il s'initie à la vie littéraire. Il y rencontre notamment Zola, ainsi que de nombreux écrivains réalistes et naturalistes. Guidé par son aîné, Maupassant publie sa première œuvre en 1875 : il s'agit de *La Main d'écorché*. Trois ans plus tard, toujours grâce à Flaubert, il obtient une place au ministère de l'Instruction publique, mais il ne s'y plaît guère plus qu'à son ancien lieu de travail. Parallèlement, il continue à écrire et, en 1879, il commence à composer la nouvelle *Boule de suif*, qui sera publiée en 1880 dans *Les Soirées de Médan*, un ouvrage collectif rassemblant six histoires consacrées à la guerre de 1870 et regroupant autour d'Émile Zola une série de jeunes écrivains.

Le succès de ce texte est absolu. Maupassant décide donc de quitter le ministère pour vivre de sa plume, et écrit des chroniques pour divers journaux, dont *Le Gaulois*, *Le Figaro* et *Gil Blas*. Seul le décès soudain de Flaubert, en 1880, vient assombrir son existence. L'apprenti écrivain est désormais livré à lui-même.

DU SUCCÈS À LA FOLIE

Pendant les dix années qui suivent, Maupassant écrit sans relâche : il produit une œuvre colossale et variée composée de 300 contes et nouvelles et six romans, sans compter les chroniques qu'il rédige pour la presse. Son succès est considérable, ce qui lui permet un train de vie aisé. Sa passion pour les bateaux ne l'ayant pas quitté, il s'offre un yacht, qu'il nomme *Le Bel-Ami*, puis un autre, *Le Bel-Ami II*. Il dépense beaucoup, notamment pour subvenir aux besoins de ses trois enfants naturels, qu'il ne reconnaîtra jamais, semblant avoir la paternité et le mariage en horreur. Il entretient également de nombreuses maîtresses et voyage beaucoup – en Algérie, en Tunisie, en Corse, en Italie, en Sicile, en Bretagne, en Angleterre et dans le Sud de la France.

Mais Maupassant se sait malade et il est conscient qu'il est condamné à la dégénérescence. Il effectue alors des cures dans des villes d'eau comme Aix-les-Bains, Châtel-Guyon ou Plombières, en vain, et suit les cours du professeur Jean-Martin Charcot (1825-1893) pour tenter de comprendre ce qu'il lui arrive. Il souffre de troubles de la vue, d'hallucinations, de délires, de crises d'angoisses et de migraines. Ces symptômes sont sans doute liés à la syphilis, mais il est aussi possible que l'hérédité joue un rôle dans les problèmes de santé de l'écrivain : en effet, sa mère est malade des nerfs et son frère meurt en 1889 après avoir été interné pour cause de folie.

À partir de 1890, la maladie gagne du terrain : Maupassant perd progressivement la mémoire et la vue, cherche ses mots et développe une certaine paranoïa. Sur le plan littéraire, sa production ralentit à mesure que la névrose s'aggrave, même s'il écrit encore des chroniques pour *Gil Blas*, ainsi qu'un roman, *L'Angélus*, qui restera inachevé. Dans la nuit du 1er janvier 1892, alors qu'il tente de se trancher la gorge avec un coupe-papier, il est sauvé de justesse par son valet qui le désarme. Quelques jours plus tard, il est admis à la clinique du docteur Blanche, où il restera jusqu'à sa mort, le 6 juillet 1893, à l'âge de 43 ans. Il est enterré deux jours plus tard au cimetière du Montparnasse à Paris.

Pierre tombale de Guy de Maupassant au cimetière Montparnasse à Paris.

Les travaux du professeur Charcot

Le professeur Charcot est le fondateur de la clinique neurologique en France. Sous son influence, on cesse de considérer les maladies mentales comme relevant du domaine du sacré ou du poétique, et le fou devient un patient susceptible d'être soigné. Charcot enseigne pendant 20 ans à l'hôpital de la Salpêtrière à Paris et, en 1882, crée une chaire de clinique des maladies nerveuses. Ses travaux sur l'hystérie sont restés célèbres : ils prouvent qu'il ne s'agit pas d'une simulation ni d'un mal typiquement féminin. Charcot a également étudié la sclérose en plaques, la maladie de Parkinson, le tabès, la poliomyélite et la sclérose latérale amyotrophique (ou « maladie de Charcot »).

CARACTÉRISTIQUES

UNE ŒUVRE PLACÉE SOUS LE SIGNE DE LA DIVERSITÉ

Guy de Maupassant est l'auteur d'une œuvre à la fois abondante et diverse, essentiellement composée entre 1880 et 1890. Il est surtout connu pour ses contes et nouvelles, deux formes courtes particulièrement à la mode au XIXe siècle. Le public de l'époque, voyant sa vie s'accélérer suite aux nombreuses révolutions, se montre en effet friand d'histoires brèves, surprenantes et fortes en émotions. Ce succès est sans doute également lié à l'essor important de la presse écrite, qui publie dans ses pages de nombreux récits courts ou des romans-feuilletons afin de fidéliser la clientèle. Les journaux offrent dès lors un nouvel espace d'expression aux écrivains et, partant, un nouveau moyen de subsistance. Ainsi, la plupart des contes et nouvelles de Maupassant (*La Main d'écorché*, *Boule de suif*, *Mademoiselle Fifi*, *Aux champs*, *La Parure*, *La Chevelure*, *Le Horla*, etc.) paraissent une première fois dans différents quotidiens avant d'être rassemblés dans des recueils.

Mais si l'écrivain est considéré comme un véritable maître de la nouvelle, il ne s'illustre pas seulement dans les récits courts. Six célèbres romans naissent également de sa plume : *Une vie* (1883), *Bel-Ami* (1885), *Mont-Oriol* (1887), *Pierre et Jean* (1888), *Fort comme la mort* (1889) et *Notre Cœur* (1890), ainsi que des récits de voyage. Il publie aussi, à ses débuts, un mince recueil de poèmes intitulé *Des vers* (1880) ; mais cette œuvre poétique, nettement moins connue que sa production en prose, lui vaut quelques ennuis avec la censure pour outrage aux bonnes mœurs. Enfin, Maupassant nous a également

légué quelques pièces de théâtre, aujourd'hui tombées dans l'oubli :
À la feuille de rose, maison turque (1875), *Histoire du vieux temps*
(1879), *Musette* (1891) et *La Paix du ménage* (1893).

VERS UN RÉALISME SUBJECTIF

Quelle est la place de Maupassant au sein des grands courants artistiques qui traversent le XIXe siècle ? La réponse n'est pas simple car, à l'instar de nombreux écrivains de son époque, il refuse de se laisser enfermer dans une école littéraire et préfère développer sa propre esthétique. Son œuvre, qui dépeint le réel sans chercher à l'embellir, présente néanmoins de nombreux traits caractéristiques du réalisme : elle propose une observation précise et rigoureuse des mécanismes sociaux, et met en scène des personnages issus de la vie quotidienne. Soucieux du moindre détail, Maupassant va même jusqu'à reproduire, dans ses écrits, le langage pittoresque de certains protagonistes. Mais il est conscient des limites d'un réalisme qui prétend offrir une réplique exacte de la réalité des choses : pour lui, l'artiste ne peut communiquer qu'une vision personnelle – et donc subjective – du monde.

Dans la préface de *Pierre et Jean*, il explique ainsi que contrairement au reportage, qui se doit de dévoiler une vérité, l'œuvre réaliste reste une fiction. L'écrivain réaliste qui se veut artiste ne se limite pas à donner une banale représentation photographique de la vie, mais cherche plutôt à en fournir une vision plus complète. Maupassant insiste par ailleurs sur le fait que tout raconter est impossible, d'autant plus que « la vie [...] est brutale, sans suite, sans chaîne, pleine de catastrophes inexplicables, illogiques et contradictoires » (MAUPASSANT (Guy), « Le roman », in *Pierre et Jean*, Paris, Flammarion, 2008, p. 48). Pour produire un récit cohérent, l'écrivain est contraint de faire des choix et d'éliminer tout ce qui n'a pas de rapport avec le sujet retenu, ce qui empêche inévitablement une pleine objectivité. Dès lors, même si Maupassant a fréquenté Zola et les écrivains naturalistes, sa position face aux ambitions zoliennes semble évidente : on ne peut donner à un récit romanesque la légitimité d'un texte scientifique.

DE LA NOUVELLE RÉALISTE AU CONTE FANTASTIQUE

Si Maupassant présente des affinités avec le réalisme, il est également l'auteur de contes fantastiques : *La Main d'écorché*, *La Peur* (1882 et 1884), *Apparition* (1883), *La Chevelure* (1884), *Le Horla*, etc. Cela n'a rien de très surprenant : en effet, contrairement au merveilleux, qui plonge le lecteur dans un monde imaginaire, le fantastique s'appuie quant à lui sur la réalité puisqu'il « se caractérise par une intrusion du mystère dans le cadre de la vie réelle » (CASTEX (Pierre-Georges), *Le Conte fantastique en France : de Nodier à Maupassant*, Paris, José Corti, 1951, p. 8). Ainsi, la description minutieuse du monde réel permet à l'écrivain de marquer de manière encore plus frappante l'irruption de l'insolite.

Influencé par les œuvres d'Hoffmann (1776-1822) et d'Edgar Allan Poe (1809-1849), Maupassant reprend, dans ses premiers contes, les motifs traditionnels du fantastique tels que le revenant, le fantôme ou la main maléfique. Mais très vite, il donne à ses textes une autre dimension, plus subtile, et sans doute plus personnelle aussi, au vu de la maladie qui le ronge : le fantastique procède alors des pulsions refoulées et des manifestations de l'inconscient, c'est-à-dire qu'il trouve son origine dans l'expérience intime des personnages, si bien que ceux-ci se retrouvent davantage effrayés par eux-mêmes que par d'éventuels phénomènes extérieurs. Face à ce qu'ils ne comprennent pas, ils ressentent un sentiment étrange de peur et craignent parfois de sombrer dans la folie.

UNE VISION PESSIMISTE DU MONDE

Dans son ensemble, l'œuvre de Maupassant est marquée par un profond pessimisme : on y trouve inscrite en filigrane l'idée que l'âme humaine est corrompue et guidée par de bas instincts. Il s'agit là d'un héritage de Flaubert : en effet, si ce dernier transmet à son élève son culte exigeant de la forme ainsi que son goût pour la mesure et l'équilibre, il lui lègue également son approche désabusée du monde. Ainsi, dans un style limpide, mesuré et sobre, tant sur le plan du vocabulaire que de la syntaxe, Maupassant établit un vaste panorama de la détresse humaine, dépeignant la vie quotidienne de toutes les classes sociales de son époque, de la paysannerie (souvent normande) aux milieux mondains, tout en accordant une attention particulière aux femmes, aux enfants et aux marginaux, souvent victimes de leur situation précaire.

Le scepticisme de Maupassant dépasse d'ailleurs peut-être même celui de Flaubert. Comme bon nombre d'intellectuels de son époque, il est en effet influencé par le philosophe allemand Arthur Schopenhauer (1788-1860), dont la conception de l'existence humaine est particulièrement sombre : dans *Le Monde comme volonté et comme représentation* (1818), celui-ci explique que la vie est volonté d'elle-même, sans logique et sans but, et que par conséquent, l'homme se perd en cherchant à se réaliser dans le monde, car il n'est que le jouet d'une force vitale qui le dépasse. De cette théorie, Guy de Maupassant retient l'idée que les hommes vivent d'illusions et que tout sur Terre n'est que souffrance.

BOULE DE SUIF

Écrite au cours de l'année 1879, *Boule de suif* est une nouvelle réaliste publiée en 1880 dans *Les Soirées de Médan*. C'est elle qui marque le véritable point de départ de la carrière d'écrivain de Maupassant, en le propulsant sur le devant de la scène littéraire.

Frontispice d'une édition de 1907 de *Boule de suif*.

Le récit s'ouvre sur l'invasion de Rouen par les Prussiens, lors de la guerre de 1870. Une diligence obtient l'autorisation de fuir la ville pour se rendre au Havre : à son bord se trouvent un groupe de nobles et de bourgeois, deux religieuses, un démocrate et une prostituée, Élisabeth Rousset, surnommée Boule de suif en raison de ses rondeurs. Le voyage s'avère pénible. Alors que les passagers ont faim, Boule de suif partage généreusement ses provisions. La nuit tombée, la diligence fait escale dans une auberge occupée par des Prussiens, mais le lendemain, lorsque les voyageurs veulent reprendre la route, un officier exerce sur eux un odieux chantage : il interdit leur départ tant que Boule de suif refuse de s'offrir à lui. Sous la pression exercée par ses compagnons de voyage, la jeune femme finit par céder. Mais lorsque la voiture repart enfin, elle ne récolte que mépris de leur part. En pleurs, elle regarde ses compatriotes dévorer leurs victuailles sans rien lui offrir.

Boule de suif se déroule dans une atmosphère étouffante qui renvoie à la défaite et à la capitulation générale de la France durant la guerre de 1870. Ce conflit, qui marque particulièrement les consciences de l'époque, occupe une place importante dans la nouvelle. Comme beaucoup d'écrivains de son temps (citons par exemple Zola dans *La Débâcle*, en 1892), Maupassant témoigne ici des souffrances engendrées par la guerre. Mais contrairement à ceux qui, à l'instar de Paul Déroulède (1846-1914), glorifient les morts en publiant des textes revanchards, il se fait partisan du pacifisme. Se montrant aussi virulent envers les chefs de l'armée française qu'envers l'ennemi, il présente la guerre comme un tremblement de terre qui détruit tout sur son passage et dresse un tableau sans concession des difficultés que rencontrent les populations civiles occupées :

> « Le tremblement de terre écrasant sous des maisons croulantes un peuple entier ; le fleuve débordé qui roule les paysans noyés avec les cadavres des bœufs et les poutres arrachées aux toits, ou l'armée

glorieuse massacrant ceux qui se défendent, emmenant les autres prisonniers, pillant au nom du sabre et remerciant un Dieu au son du canon, sont autant de fléaux effrayants qui déconcertent toute croyance à la justice éternelle, toute la confiance qu'on nous enseigne en la protection du ciel et en la raison de l'homme. » (MAUPASSANT (Guy), *Boule de suif*, Paris, Larousse, 2007, p. 25)

Boule de suif est sans aucun doute une nouvelle réaliste. Écrite dans un style froid et objectif, elle se fonde en effet entièrement sur le réel, qui plus est sur des événements contemporains à l'auteur. Plusieurs personnages, qui sont par ailleurs abordés selon leur statut social, comme c'est habituellement le cas dans les récits réalistes, sont également inspirés d'individus réels : c'est le cas de Boule de suif, par exemple, qui semble faire écho à une certaine Adrienne-Annonciade Legay, une prostituée rouennaise qui fut la maîtresse d'un officier prussien mobilisé au Havre durant la guerre de 1870. En outre, Maupassant fait preuve d'un important souci du détail, à tel point que ses descriptions engendrent une forte impression de réalité. En témoigne, notamment, l'évocation du panier de la malheureuse prostituée :

« Elle en sortit d'abord une petite assiette de faïence, une fine timbale en argent, puis une vaste terrine dans laquelle deux poulets entiers, tout découpés, avaient confit sous leur gelée ; et l'on apercevait encore dans le panier d'autres bonnes choses enveloppées, des pâtés, des fruits, des friandises, les provisions préparées pour un voyage de trois jours, afin de ne point toucher à la cuisine des auberges. Quatre goulots de bouteilles passaient entre les paquets de nourriture. Elle prit une aile de poulet et, délicatement, se mit à la manger avec un de ces petits pains qu'on appelle « Régence » en Normandie. » (*Ibid.*, p. 39)

Enfin, il est intéressant de souligner que l'héroïne de *Boule de suif* est une prostituée. Les filles de joie occupent en effet une place importante dans la littérature du XIXe siècle : citons Fantine chez

Hugo, Nana chez Zola ou encore Marthe chez Joris-Karl Huysmans (1848-1907). Les écrivains et les artistes de l'époque témoignent d'un nouvel intérêt pour la condition féminine, les droits des femmes et le statut particulier de celles qui, pour vivre et gagner en indépendance, vendent leur corps. À ce sujet, Maupassant manifeste, comme à son habitude, un profond pessimisme : *Boule de suif* se termine d'ailleurs par le mot « ténèbres ». Malgré ses qualités, son patriotisme et son dévouement aux autres (qui sont quant à eux hypocrites, méprisants et cherchent avant tout à défendre leurs intérêts), Boule de suif reste une « honte publique ». On n'échappe pas à son statut social, et elle le sait, car elle pleure mais ne se défend pas. Pour souligner ce drame, Maupassant décrit la jeune femme en utilisant une image forte, celle de la nourriture. Boule de suif, comme tous les membres défavorisés de la société, n'est qu'un objet de consommation pour les puissants :

> « Petite, ronde de partout, grasse à lard, avec des doigts bouffis, étranglés aux phalanges, pareils à des chapelets de courtes saucisses, avec une peau luisante et tendue, une gorge énorme qui saillait sous sa robe, elle restait cependant appétissante et courue, tant sa fraîcheur faisait plaisir à voir. Sa figure était une pomme rouge, un bouton de pivoine prêt à fleurir [...]. » (*Ibid.*, p. 34)

BEL-AMI

Bel-Ami est un roman réaliste publié sous forme de feuilleton dans le journal *Gil Blas* en 1885, avant de paraître en volume en mai de la même année. Dès sa sortie, il rencontre un grand succès auprès du public.

Ancien sous-officier, Georges Duroy, alias Bel-Ami, est un employé des chemins de fer à Paris. Il retrouve par hasard un ancien camarade de régiment, Charles Forestier, qui l'engage comme journaliste à

La Vie française et l'invite à une soirée mondaine : commence alors pour lui une rapide ascension sociale. En effet, à la mort de Charles Forestier, Bel-Ami épouse la femme de celui-ci, Madeleine, qui le renomme Georges Du Roy de Cantel et devient pour lui une sorte de mentor. Parallèlement, il entretient une liaison avec Clotilde de Marelle et il séduit Mme Walter, la femme du directeur du journal pour lequel il travaille. Lorsque M. Walter s'enrichit considérablement grâce à des placements boursiers au Maroc, Bel-Ami divorce de Madeleine, qui le trompe avec Laroche-Matthieu, ministre des Affaires étrangères, pour s'unir avec Suzanne, la fille des Walter : c'est ainsi qu'après deux mariages et quelques liaisons, Georges Duroy devient le rédacteur en chef de *La Vie française*.

Bel-Ami, à nouveau, représente la réalité sans l'embellir. Maupassant y dresse un tableau fidèle de son époque, et plus particulièrement de la société mondaine parisienne. Pour cela, il s'appuie, entre autres, sur son propre vécu, ce qui confère une dimension autobiographique à son œuvre, qui reste toutefois une fiction : il prête en effet à Duroy son lieu de naissance, la Normandie, son expérience dans le journalisme, son ascension sociale fulgurante, sa passion pour les femmes, ainsi que sa moustache. En outre, ici encore, le roman aborde la condition de la femme au XIXe siècle, dans un univers majoritairement masculin et misogyne. Le personnage de Madeleine Forestier est particulièrement significatif : celle-ci n'est qu'un outil pour Duroy, qui se sert d'elle pour s'élever socialement avant de l'écraser.

La description de l'ascension sociale du protagoniste principal est aussi, pour Maupassant, l'occasion de poser un regard critique et pessimiste sur la société de son temps. À travers le parcours du jeune Duroy, il pointe en effet du doigt l'expansion capitaliste, la toute-puissance de l'argent et la corruption politique qui prévalent à la fin du XIXe siècle. Bel-Ami apparaît comme un arriviste opportuniste, effréné, amoral et séducteur dont les leviers d'ascension ne sont autres que les femmes et l'argent. En cela, il présente de grandes similitudes avec d'autres célèbres personnages de romans du XIXe siècle, par exemple Julien Sorel (Stendhal, *Le Rouge et le Noir*, 1830), Rastignac (Balzac, *Le Père Goriot*, 1835) ou encore Lucien de Rubempré (Balzac, *Les Illusions perdues*, 1837-1843). Notons que le roman de Maupassant s'inscrit aussi dans la longue tradition littéraire des récits d'apprentissage qui mettent en scène l'évolution d'un jeune héros.

Enfin, *Bel-Ami* est fortement marqué par l'influence de Flaubert, à tel point qu'on y trouve un épisode similaire à la fameuse scène érotique du fiacre dans *Madame Bovary* (1856) :

« – Où Monsieur va-t-il ? demanda le cocher.

Où vous voudrez ! dit Léon poussant Emma dans la voiture.

Et la lourde machine se mit en route. Elle descendit la rue Grand-Pont [...] et s'arrêta court devant la statue de Pierre Corneille.

– Continuez ! fit une voix qui sortait de l'intérieur.

La voiture repartit [...].

De temps à autre, le cocher sur son siège jetait aux cabarets des regards désespérés. Il ne comprenait pas quelle fureur de la locomotion poussait ces individus à ne vouloir point s'arrêter.

Il essayait quelquefois, et aussitôt il entendait derrière lui partir des exclamations de colère. Alors il cinglait de plus belle ses deux rosses en sueur [...].

Une fois, au milieu du jour, en pleine campagne, [...] une main nue passa sous les petits rideaux de toile jaune et jeta des déchirures de papier [...].

Puis, vers six heures, la voiture s'arrêta dans une ruelle du quartier Beauvoisine, et une femme en descendit qui marchait le voile baissé, sans détourner la tête. » (FLAUBERT (Gustave), *Madame Bovary*, Bruxelles, Le Soir, 2003, p. 220-222)

« On serra les mains des Forestier, et Duroy se trouva seul avec Mme de Marelle dans un fiacre qui roulait.

Il la sentait contre lui, si près, enfermée avec lui dans cette boîte noire, qu'éclairaient brusquement, pendant un instant, les becs de gaz des trottoirs. Il sentait, à travers sa manche, la chaleur de son épaule, et il ne trouvait rien à lui dire, absolument rien, ayant l'esprit paralysé par le désir impérieux de la saisir dans ses bras.

[...] Tout à coup il sentit remuer son pied. [...] Ce geste, presque insensible, lui fit courir, de la tête aux pieds, un grand frisson sur la peau, et, se tournant vivement, il se jeta sur elle, cherchant la bouche avec ses lèvres et la chair nue avec ses mains.

Elle jeta un cri, un petit cri, voulut se dresser, se débattre, le repousser ; puis elle céda, comme si la force lui eût manqué pour résister plus longtemps.

[...] Elle sortit enfin du fiacre en trébuchant et sans prononcer une parole. [...] Il donna cent sous au cocher et se mit à marcher devant lui, d'un pas rapide et triomphant, le cœur débordant de joie. »
(MAUPASSANT (Guy), *Bel-Ami*, Paris, Larousse, 2008, p. 90-91)

À travers ces extraits, on constate que Maupassant est beaucoup plus explicite que Flaubert qui, lui, ne se livre qu'à des suggestions, ne faisant aucun commentaire sur ce qu'il se passe dans le fiacre. Pourtant, à la sortie de *Madame Bovary*, la scène est jugée scandaleuse et immédiatement censurée, tandis que Maupassant, de son côté, n'essuie que quelques reproches, sans être attaqué en justice. Cette différence d'accueil semble être liée à une évolution des mentalités en fin de siècle : peu à peu, on se met à considérer que le génie échappe à la morale.

LE HORLA

Le Horla est un conte fantastique qui paraît en 1887 dans un recueil auquel il donne son nom. Il est précédé par deux autres textes, souvent considérés comme des ébauches : la *Lettre d'un fou* (1885), dans laquelle un homme qui se sent hanté par une créature invisible s'adresse à son médecin, et *Le Horla* (1886), un récit enchâssé dans lequel un personnage raconte *a posteriori*, de façon apaisée et lucide, comment il a été amené à penser qu'une créature mystérieuse occupait sa maison.

JULIAN-DAMAZY (William), couverture d'une édition de 1908 du *Horla*.

Dans la troisième version du *Horla* (1887), le narrateur rapporte dans un journal intime ses angoisses et les phénomènes inexplicables auxquels il prétend assister. Au début du récit, il vit confortablement dans une belle demeure, au bord de la Seine, mais peu à peu, et sans raison apparente, son état de santé se dégrade : il se sent triste et fait de nombreux cauchemars. Une nuit, en se réveillant, il découvre avec stupeur que la carafe qu'il place habituellement dans sa chambre est vidée de son eau, sans qu'il y ait consciemment touché. Un autre jour, il aperçoit la tige d'une rose se casser, avant de voir la fleur s'élever et rester suspendue dans l'air. Un peu plus tard encore, il assiste à la disparition temporaire de son propre reflet dans le miroir, comme si quelqu'un d'invisible était passé devant lui. Après avoir été le témoin de ces phénomènes étranges, il finit par se convaincre qu'un être nouveau a fait son apparition sur Terre, et nomme cette présence invisible le Horla. Pour s'en débarrasser, il dresse un piège et met le feu à sa maison, abandonnant ses domestiques dans les flammes. Sans savoir si le Horla est réellement mort, il décide ensuite de se supprimer lui-même.

Le Horla se rattache clairement au genre fantastique : le récit prend pour cadre le monde réel, mais des événements inexplicables surgissent, provoquant chez le lecteur un sentiment étrange car ils ne lui donnent pas la possibilité de choisir entre une interprétation rationnelle des faits, qui voudrait que le personnage soit fou, et une interprétation irrationnelle, qui reviendrait à accepter l'existence d'une créature surnaturelle dans un monde naturel. Plusieurs éléments appuient la thèse de la folie, comme la déconstruction de plus en plus marquée de la syntaxe :

> « Malheur à nous ! Malheur à l'homme ! Il est venu, le... le... comment se nomme-t-il... le... il me semble qu'il me crie son nom, et je ne l'entends pas... le... oui... il le crie... J'écoute... je ne peux pas... répète... le... Horla... J'ai entendu... le Horla... c'est lui... le Horla... il est venu ! ... » (MAUPASSANT (Guy), *Le Horla et autres contes fantastiques*, Paris, Flammarion, 2014, p. 65)

Mais à certains moments, le personnage fait preuve de lucidité, notamment lorsqu'il met en place une série de tests pour s'assurer de la présence du Horla :

> « Le 9 juillet, enfin, j'ai remis sur ma table l'eau et le lait seulement, en ayant soin d'envelopper les carafes en des linges de mousseline blanche et de ficeler les bouchons. Puis j'ai frotté mes lèvres, ma barbe, mes mains avec de la mine de plomb, et je me suis couché. L'invincible sommeil m'a saisi, suivi bientôt de l'atroce réveil. Je n'avais point remué ; mes draps eux-mêmes ne portaient pas de taches. Je m'élançai vers ma table. Les linges enfermant les bouteilles étaient demeurés immaculés. Je déliai les cordons, en palpitant de crainte. On avait bu toute l'eau ! on avait bu tout le lait ! Ah ! mon Dieu !... »
>
> (*Ibid.*, p. 48)

Pour écrire *Le Horla*, Maupassant s'inspire sans doute de son propre vécu. Le déclin de sa santé mentale le conduit à s'intéresser au thème de la folie, et ses contes fantastiques semblent être le reflet de ses propres angoisses. De là à dire que *Le Horla* est l'œuvre d'un fou, il n'y a qu'un pas que certains critiques n'ont pas hésité à franchir. Mais il s'agit d'un malheureux raccourci : en 1887, l'écrivain est encore en possession de toutes ses capacités intellectuelles et artistiques. En outre, l'organisation subtile du récit et son style limpide interdisent tout lien avec une quelconque névrose.

UN CURIEUX NÉOLOGISME

Le terme *Horla* est un néologisme créé par Maupassant. Selon certaines hypothèses, il s'agirait d'un oxymore, car il proviendrait de la conjonction des mots *hors* et *là*, reliés afin de mettre en évidence la nature incertaine de la créature dont parle le conte : elle semble en effet être à la fois présente et absente, réelle et inventée, flottant ainsi dans une sorte d'entre-deux.

GUY DE MAUPASSANT, UNE SOURCE D'INSPIRATION

De nos jours, Guy de Maupassant est l'un des écrivains du XIXᵉ siècle les plus lus en France et les plus étudiés dans les écoles. Il est aussi l'un des auteurs français les plus adaptés dans le monde, au cinéma comme à la télévision, à tel point qu'on pourrait presque penser que ses œuvres ont été écrites dans ce but. Pourtant, après sa mort, Maupassant est dévalué dans son pays : parce qu'il est très accessible pour le grand public, les milieux universitaires le méprisent, le trouvant sans doute trop simple et trop superficiel. Il n'est redécouvert que dans les années soixante environ, sous l'impulsion d'études étrangères.

MAUPASSANT À L'ÉCRAN

Adaptées plus d'une centaine de fois au total, tant au cinéma qu'à la télévision, les œuvres de Guy de Maupassant continuent aujourd'hui d'inspirer les plus grands réalisateurs. Entre 2007 et 2011, une série télévisée française intitulée *Chez Maupassant* et composée de 24 épisodes est diffusée sur France 2. C'est dans ce cadre que Claude Chabrol (1930-2010) porte sur le petit écran la nouvelle *Hautot père et fils* (2007), avec Jean Rochefort (né en 1930) dans le rôle d'Hautot père. À titre d'exemple encore, le roman *Bel-Ami* a été adapté au cinéma une première fois en 1919 par Augusto Genina (1892-1957), en 1947 par Albert Lewin (1894-1968), en 1955 par Louis Daquin (1908-1980), en 1971 par John Davies (né en 1934) et, enfin, en 2012 par Declan Donnellan (né en 1953) et Nick Ormerod (né en 1951), avec Robert Pattinson (né en 1986) dans le rôle de Duroy.

De même, en littérature, la majorité des recueils de nouvelles français du XXᵉ siècle, dont ceux de Pierre Gripari (1925-1990) et de Daniel Zimmermann (1935-2000), sont dépourvus de toute référence à son œuvre, ce qui semble être le signe d'une volonté de rupture avec la tradition qu'il incarne. Certains nouvellistes français comme Annie

Saumont (née en 1927) estiment que Maupassant utilise des procédés dépassés : contrairement à ce dernier, ils ne cherchent plus à raconter une histoire, mais plutôt à évoquer un geste particulier, un instant de la vie ou encore une émotion, sans qu'il y ait une réelle idée narrative. Ils fondent ainsi ce qu'on appelle la nouvelle-instant qui, en raison de la primauté qu'elle accorde au langage sur l'action, est étroitement liée au Nouveau roman, un mouvement né dans les années cinquante et qui rejette les conventions littéraires.

À l'étranger, en revanche, Maupassant connaît un vif succès et fait des émules, et ce dès la fin du XIXe siècle. Ses récits paysans sont très appréciés dans les pays de l'Est, et plus particulièrement en Ukraine et en Roumanie. Il exerce également une grande influence aux États-Unis où, sous l'impulsion initiale d'Edgar Allan Poe, la nouvelle devient un genre prestigieux, voire national, à tel point qu'on l'étudie avec sérieux pour lui donner une définition précise. Or les récits courts de Maupassant, par leur concentration et l'effet unique qu'ils produisent, s'avèrent être l'illustration parfaite de la manière dont les Américains envisagent le genre.

Notons enfin que parmi les nouvellistes américains considérés comme les héritiers de Maupassant, le nom d'Howard Phillips Lovecraft (1890-1937) est souvent cité. De fait, il semblerait que dans sa célèbre nouvelle intitulée *L'Appel de Cthulhu* (1926), celui-ci s'inspire du *Horla* : dans une ambiance mystérieuse et oppressante, il raconte le retour des Grands-Anciens, des êtres divins et monstrueux antérieurs à l'homme, qui souhaitent reprendre leur domination sur le monde après une longue période de sommeil au cœur de la Terre ou sous les eaux. Plusieurs indices trahissent la présence de ces êtres dans le récit, mais ils demeurent invisibles, et ceux qui percent leur mystère sombrent dans la folie ou perdent la vie.

- Guy de Maupassant est un écrivain français d'origine normande, né en 1850. Élève puis disciple de Flaubert, il se révèle être un formidable conteur, à tel point qu'il figure parmi les auteurs emblématiques du genre de la nouvelle au XIXe siècle.

- Comme Flaubert, Maupassant refuse d'appartenir à un mouvement littéraire. Mais il faut reconnaître que ses œuvres le rattachent au réalisme : il a en effet pour ambition de dresser un tableau détaillé de la société de son temps.

- Toutefois, pour être juste, il faudrait plutôt parler de réalisme subjectif, car Maupassant considère que l'écrivain ne peut communiquer qu'une vision personnelle de la réalité. Il fait également remarquer que le roman, qui est composé d'un nombre fini de pages et qui se doit de donner un ordre logique aux événements, ne peut proposer un reflet exact de la vie.

- Atteint de syphilis et dès lors condamné à la démence, Maupassant s'intéresse également beaucoup au thème de la folie, qu'il développe dans des contes fantastiques qui semblent être le reflet de ses propres angoisses. Chez lui, le fantastique trouve son origine dans l'expérience intime des protagonistes, si bien que ces derniers ont davantage peur d'eux-mêmes, de leurs pulsions et du sentiment de folie qui les envahit que d'une quelconque menace extérieure.

- De manière générale, Maupassant fait preuve d'un profond pessimisme hérité de l'approche désabusée du monde de Flaubert. Il est également influencé par Schopenhauer et sa conception tragique de la condition humaine. Ainsi, selon l'écrivain, les hommes vivent d'illusions et tout sur Terre n'est que souffrance.

- Après sa mort, il est victime d'un certain désintérêt de la part des intellectuels français qui ne reviennent vers lui qu'à partir des années soixante. En revanche, aux États-Unis, où le genre de la nouvelle jouit d'un grand prestige, il exerce une influence considérable.

Votre avis nous intéresse !

*Laissez un commentaire sur le site de votre librairie en ligne
et partagez vos coups de cœur sur les réseaux sociaux !*

SOURCES BIBLIOGRAPHIQUES

- « Arthur Schopenhauer », in *Larousse*, consulté le 16/07/2015. http://www.larousse.fr/encyclopedie/personnage/Arthur_Schopenhauer/143586
- « Auguste Comte », in *Larousse*, consulté le 21/06/2015. http://www.larousse.fr/encyclopedie/personnage/Auguste_Comte/114286
- CALAIS (Étienne), *Une vie : Guy de Maupassant*, Paris, Nathan, 1990.
- CASTEX (Pierre-Georges), *Le Conte fantastique en France : de Nodier à Maupassant*, Paris, José Corti, 1951.
- FAUCHEUX (Annie), *Étude sur Maupassant : Bel-Ami*, Paris, Ellipses, 1999.
- FLAUBERT (Gustave), *Madame Bovary*, Bruxelles, Le Soir, 2003.
- GELLEREAU (Michèle), Boule de suif. *Parcours de lecture*, Paris, Bertrand-Lacoste, 1991.
- GODENNE (René), « Le monde de la nouvelle française du XXe siècle face à Maupassant », in *Guy de Maupassant. Études réunies par Noëlle Benhamou avec des documents inédits*, Amsterdam/New York, Rodopi, 2007, p. 111-118.
- « Guerre franco-allemande (1870-1871) », in *Larousse*, consulté le 27/06/2015. http://www.larousse.fr/encyclopedie/divers/guerre_franco-allemande/120175
- « Guy de Maupassant », in *Larousse*, consulté le 15/06/2015. http://www.larousse.fr/encyclopedie/personnage/Guy_de_Maupassant/132339
- JACOBÉE-BIRIOUK (Sylvie), *Étude sur Maupassant : Le Horla*, Paris, Ellipses, 1999.

- « Jean-Martin Charcot », in *Larousse*, consulté le 19/06/2015. http://www.larousse.fr/encyclopedie/personnage/Jean-Martin_Charcot/112772
- MAUPASSANT (Guy), *Bel-Ami*, Paris, Larousse, 2008.
- MAUPASSANT (Guy), *Boule de suif*, Paris, Larousse, 2007.
- MAUPASSANT (Guy), *Le Horla et autres contes fantastiques*, Paris, Flammarion, 2014.
- MAUPASSANT (Guy), « Le roman », in *Pierre et Jean*, Paris, Flammarion, 2008.
- RACHMUHL (Rachel), Le Horla et autres contes fantastiques. *Analyse critique*, Paris, Hatier, 1983.
- SILLAM (Maguy), *Étude sur Maupassant :* Boule de suif, Paris, Ellipses, 1999.
- SULLIVAN (Edward), « Maupassant et la nouvelle », in *Cahiers de l'Association internationale des études françaises*, 1975, n° 27, p. 223-236, consulté le 18/08/2015. /web/revues/home/prescript/article/caief_0571-5865_1975_num_27_1_1086
- VIAL (André), *Guy de Maupassant et l'art du roman*, Paris, Nizet, 1966.

SOURCES ICONOGRAPHIQUES

- Frontispice d'une édition de 1907 de *Boule de suif*. La photo reproduite est réputée libre de droits.
- JULIAN-DAMAZY (William), couverture d'une édition de 1908 du *Horla*. La photo reproduite est réputée libre de droits.
- Pierre tombale de Guy de Maupassant au cimetière Montparnasse à Paris. La photo reproduite est réputée libre de droits.

www.50minutes.com

Éditeur responsable : Lemaitre Publishing
Rue Lemaitre 6 | BE-5000 Namur
info@lemaitre-editions.com

ISBN ebook : 978-2-8062-6266-0
ISBN papier : 978-2-8062-6267-7
Dépôt légal : D/2015/12603/64
Photo de couverture : © *Guy de Maupassant* (1888), par Félix Nadar.

Conception numérique : Primento, le partenaire numérique des éditeurs